U0107165

云间摆渡

原著　从维熙

改编　胡映西

绘画　张明曹

上海人民美术出版社

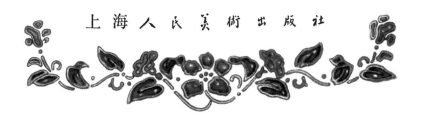

【内容提要】 笔架山高入云间，多少年来老乡们赶趟集，就要绕七十里羊肠山道。自从屯里成立了林牧生产合作社后，由于社里的红铃儿的积极倡议，在勘探队的帮助之下，屯里终于搞了座"云间摆渡"。本书不但描写了一个倔强的红铃儿，也描写了解放后山区的新面貌。

（1）1943年春天，日本鬼子向笔架屯进行"扫荡"，枪声一响，屯里的大人、小孩个个向山里奔跑。

（2）红铃儿爹骑着一匹大白马，一只手搂着刚刚六岁的红铃儿，另一只手紧握一把锋利的大刀跑上大山梁。

（3）不巧，在山梁拐角的地方，他们跟爬上山来的鬼子遭遇了。红铃儿爹眼看大白马正在发疯奔跑，收缰来不及了，便把牙一咬，抡起大刀，猛扑过去，一连砍倒好几个鬼子。

（4）不幸的是，红铃儿爹被一颗流弹打中倒下去了。马失去了主人，迎风长嘶一声，落荒奔去。

（5）那马一直奔进酸枣林里，红铃儿从马背上掉下来，滚到酸枣丛里，满脸扎得都是血……也幸亏是摔在酸枣丛里，红铃儿才没让鬼子发现。

（6）天黑了，日本鬼子也走了。乡支部书记俞四海和红铃儿娘，打着灯笼满山遍野找寻，他们寻呀寻呀，终于在酸枣丛里寻到了红铃儿。

（7）娘抱起红铃儿，忍不住"哇"的一声哭了，可是红铃儿瞪着两个小眼睛，没哭。俞四海激动地捧起红铃儿的脸说："没哭，对！红铃儿！长大了和你爹一样有骨气。"

（8）红铃儿一天天长大了，她光着脚丫子满山奔跑，笔架山北峰都给她跑遍了，就是去不成南峰。别看两个峰距离这么近，听俞四海爷爷说，老乡们从北面到南面就要走一天的路。红铃儿一想到这就生气。

（9）红铃儿去问俞四海，有啥办法使两边连起来不走弯路。俞四海摇摇头，吧嗒吧嗒吸了几口烟后，说："这座山哪！只听说过去岳王爷骑神马追金兵时，神马驮着他飞到山那边去过！以后还没听说有第二个人过去。"

（10）红铃儿缠着俞四海不放："俞爷，你不是说红军还踩着铁链子过江吗？咱为啥不能想个办法？"当时笔架屯还没解放，俞四海听了这话，脸色"唰"地变了，两颗泪珠在眼内直打转。红铃儿吓得不敢吱声了。

（11）解放后，红铃儿才穿上鞋子，她娘还给她做了件新红棉袄。这天，红铃儿和喜林子跟着俞四海爬上山顶。她又问道："俞爷，这两个山头都快要亲上嘴啦，搭道桥不行吗？你不是说红军还踩着铁链子过大江吗？"

（12）这回俞四海不生气了，他"嘿嘿"笑了两声，胡子一翘说："红铃儿，你记性真好！你想法搭桥吧！想出办法来，俞爷听你的，哈哈！"

（13）说完了，俞四海往果园里走去。红铃儿直望着盘山的小道，忽然扭身对喜林子说："你看，那边果树上有结枝的绳子，去拿一条来！"喜林子没吭声。

（14）红铃儿二话没说，撒腿就朝果园跑去。她解下一条冬天围护果木的绳子，一溜烟跑到山下去了。喜林子直喊："红——铃——儿——"她连头也不回。

（15）红铃儿跑到山腰停下来了。山腰有一条小河沟，河沟刚解冻，水翻滚出来，流过各色各样的鹅卵石，发出哗哗的声音。她把绳子搭起来，搭在河沟上，两岸压上两块石头，回头大声喊着："喜林子！快来呀！"

（16）喜林子跑来了，眨了眨眼，问她干啥。她指指那条绳子说："搭桥试试！"说着，就迈步往绳子上走。刚走上两步，"扑通"一声，掉在水里了，水溅到河岸上。喜林子"哎呀"地惊叫起来。

（17）红铃儿爬上岸来，红袄湿透了。喜林子说："要是真山哪，这草绳桥一断，早叫你躺在地上听蝈蝈儿叫唤去了！"

（18）正在这时，一群年轻人从山路上走过来。红铃儿看见前面走着一个黑大个儿，便放下了手里的绳头，迎上去问："同志！哪儿去？"黑大个儿朝她望了望，笑着说："笔架山哪！"

（19）红铃儿往他身后一打量，嘿！人人腰里都带着小水壶，有的还背着像山区打狼用的背杆。她一问，才知道这是一队勘探人员，到这附近来勘探的。红铃儿一点也不认生，就拉着黑大个儿的胳膊，替他们引路。

（20）两个孩子带他们进了屯。俞四海把勘探队安置在一座公房里。这公房离红铃儿家很近，红铃儿喜得像头马驹子，没到几袋烟工夫，就知道了这个黑大个儿是队长，叫萧天德，大家都叫他老萧。

（21）第二天天刚亮，红铃儿一骨碌爬起来，就往勘探队住的房子跑去。一到门口，看见老萧正用手巾擦脸。她拉着老萧的衣服说："队长，走，上我们果园看看去吧！"

（22）老萧和队员们喝了一点开水，吃了一点干粮，就跟红铃儿上山了。这时，朝霞红满了半边天，滚圆的日头爬上山头，染红了满山的杏花，不知名的野鸟在树丛中叽叽喳喳地叫着。

（23）山风把红铃儿的红袄吹得鼓蓬蓬的。红铃儿又想起搭桥的事，对老萧说："队长，对面山这么近，可走起来，就得绕……"老萧没注意听，一个劲儿在察看山上的石头花纹、颜色。

（24）红铃儿正想说下去，忽然看见俞四海和娘都来了，就跑过去说："娘！人家本来在山那边跨都跨得过，可还得从地面上绕来，多远的路哇！"娘笑着说："那有啥办法？老天造山就造成这样子！"

（25）红铃儿大声嚷起来："有办法，修座桥。红军蹬着铁
链子还过大河呢！"这时，老萧才听清楚红铃儿的话，他看
看对面想了想，点点头说："安个吊车，拴上铁索链子，在
北京西面有个山区，就有这样的吊车。"

（26）红铃儿娘说："不行吧！要有这巧计谋，早该安上啦！"红铃儿听了娘的话，嘴噘得能挂个油瓶。老萧认真地说："您看，两座山头一般高，山上净是百年老松，把绳索拴上，皮绳上再挂个吊车……"

（27）红铃儿不等老萧说完，就紧拉着俞四海的手说："俞爷，你不是说想出办法来，你听我的，咱们得试试哟！"俞四海笑了笑，点点头。红铃儿就陪着勘探队上山找宝贝石头去了。

（28）红铃儿和老萧走到果园后面，听到从果园里传来的争吵声，好像是俞四海在说，咱们试试搭个吊车吧？不知谁说了句：站在渡船上还怕浪头冲哪！这么高的山，谁敢……另外几个人也在反对。

（29）红铃儿气坏了，想要冲过去，只听见有人大声嚷着："你们脑筋老了，该相信科学，人家萧队长亲眼见过的！"红铃儿这才高兴了。她问萧队长："您真能帮我们安链子吗？"萧队长说："你帮着我们找石块，我们准帮忙！"

（30）从那天起，红铃儿每天一清早就往老萧住的屋里跑。屋里有木匠的刨子、铁锯，墙上挂着一幅大图。社里调来两个巧木匠，按着老萧画的图，再加上他们多年的经验，打起吊车来。

（31）屋子的里里外外，充满了孩子们的笑声。可是红铃儿突然变得像大人了，她成天瞪着两眼围着木匠转，生怕一说话就会打断老萧、俞四海和木匠的谈话。

（32）一天晚上，红铃儿累极了，就靠在俞四海的腿上睡着了。俞四海和老萧说到大后天上县城里供销社去拿订好了的钢丝绳，红铃儿突然睁开眼睛，说："真的？那我明天去吧！待两天萧队长要走了呢！"

（33）整个上午，红铃儿独自站在笔架山上，对着准备拴绳的百年松树，左瞧右瞧。

（34）一过晌午，红铃儿跑回家去，见娘正给勘探队队员们做饭。她悄悄地往腰里揣了两块饼子和杏干，溜出来了。

（35）她一直跑到牲口棚，去牵小红马，正碰到喜林子。喜林子问她你干啥呀，红铃儿说："我上县城去拿钢丝绳。他们要问，就说我上山放牲口去啦！"

（36）喜林子听了，把舌头伸了一伸，害怕地往后退了两步。红铃儿一纵身，伏在马背上，"哒哒哒"的一阵蹄子声，顺着羊肠小道跑去了。

（37）饲养员和会计听到马蹄声，立刻跑出来，几乎是一块儿喊起来："红铃儿，你干啥去呀？疯了啊！"红铃儿不搭理，两腿一夹马肚子，缰绳头抽着马屁股，飞快地跑走了。

（38）这时，天慢慢地黑下来。喜林子心里直打鼓，想来想
去，还是跑去告诉了红铃儿娘。红铃儿娘一听就急坏了，三
脚两步奔出来。

（39）红铃儿娘奔到社办公室，一只脚刚迈进门槛就嚷：
"饲养员，净做啥啦，孩子牵着马跑出去都看不见！"可是
没有回声。

（40）红铃儿娘吵了一阵，不等人回答，转身又奔到俞四海的家门口。俞四海正坐在炕沿上抽烟。红铃儿娘一说，俞四海立刻明白了一切，手一颤动，烟袋差点落了地。

（41）俞四海踉跄地走出家门，心急得像火燎。他一直跑到
牲口棚，牵了一匹大黄马出来，回头安慰红铃儿娘："别
急，有我就有红铃儿！"

（42）俞四海说完，一蹬脚，那马"哒哒哒"地跑了。等到红铃儿娘赶到山崖时，大伙都站在山崖子上望着对面山峰的道路，他们都在为这位烈士的女儿担心。猛然，爬在树顶上的喜林子叫喊起来："快看！红袄！"

（43）老萧从怀里掏出望远镜，看了看，马上递给红铃儿娘。红铃儿娘接过望远镜，心在"咯噔咯噔"地跳着。她看见红铃儿骑着小红马在奔跑，就大声喊："红——铃——儿——"整个山环响起一阵回声。

（44）红铃儿勒马站住了，她拂开脸上被汗打湿的头发，扬起小红袄的袖子，用大嗓子喊："娘！回去吧！我明天清早就回来了。"

（45）说完，小红马又跑开了。红铃儿娘眼瞅着红铃儿转过山梁，被绿树丛子挡住了。她又急又气，眼泪簌簌地掉下来了："这山道，连个亮也没有，前几天还说有狼呢！"

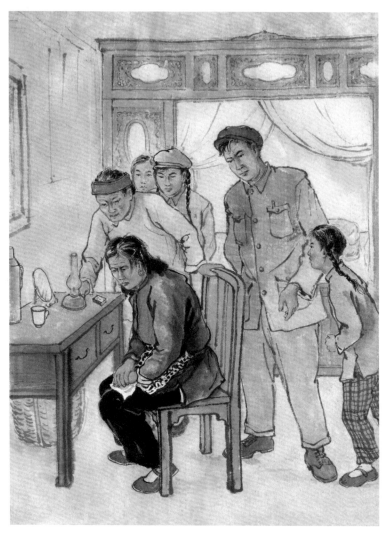

（46）老萧和俞四海的老婆陪着红铃儿娘回家。老萧想安慰红铃儿娘，所以尽在她面前夸奖红铃儿勇敢。老萧不知红铃儿是她的连心肉，越说她越难受，弄得老萧挺窘。

（47）这一夜，红铃儿娘和大伙都没睡。天大亮，俞四海和红铃儿回来了，刚到村子口，红铃儿娘便指点着红铃儿说："你呀，十四五岁的小丫头，疯了！"等到看见红铃儿的头发被露水打湿了，又心疼起来。

（48）俞四海把马背驮的一大盘有小孩胳膊粗的钢丝绳拿下来。老萧高兴地说："这就行啦！钢绳吊车，架在两边山头百年大松树上。老俞，你看怎样？"俞四海说："好啊！那家伙可牢靠了。"

（49）红铃儿红着脸说："我还有一个意见哩，在两边树上安铁丝，一拉铃，就知道有人要过山啦！"俞四海摸着红铃儿的头说："意见很好！你累了，回家去好好歇歇吧！"

（50）等红铃儿回家去后，俞四海沿着铺满阳光的小路，骑马到区里去了。他找到区委书记老苗，请示批准搭吊车的事儿。

（51）不多一会儿，老苗和俞四海来到山里。他俩绕着山看
地势，遇见年老的农民就一起商量。

（52）这天晚上，天上满布着星星。老萧、老苗、俞四海和几个年轻的社员，把钢绳、吊车架好，把老苗带来的一只小狗放在吊车里。

（53）一抖钢绳，那狗吓得汪汪直叫。吊车顺着绳子滑到对面山上去了。大家都眉开眼笑。

（54）第二天清早，树叶上滚动着一串串的露珠，山环里响起了惊人的大喇叭声："要试摆渡了！"老辈们一听都咕哝开了。有的说："我胡子长得一大把，啥都见过，就没见过这事！"有的说："也许能行吧，人家区委书记也赞成嘛！"

（55）整个山头乱糟糟的，大人，小孩，都瞅着站在吊车里的红铃儿和俞四海。这时区委书记老苗对大伙说："笔架山，架了我们多少年啦，老乡们赶趟集，绕七十里地的羊肠子山道。可今天就不要再绕路啦……"

（56）红铃儿娘看着吊车下边的山道眼花了，刚要喊"红铃儿"，红铃儿已伸脚向大树干一蹬，吊车"咝"的一声长啸，离开山崖子了。

（57）"哟——"人们惊叫着，只见吊车飞快地从这头滑过去，还没半袋烟工夫，红铃儿和俞四海到达对面山头了。人群里立刻爆发出一阵山崩地裂般的鼓掌声和喝彩声。

（58）小伙子们吵着要试试，区委书记使劲晃着胳膊说：
"这么高的山崖，一乱会出错的！日子长远着哩！安摆渡就
是为大家使的，现在谁也不许乱试。"老头儿们这时都变了
话头，附和着说："是啊，不怕慢，就怕乱。"

（59）接着，大伙儿就商量得有一个人专管"摆渡"。有人提议让红铃儿当摆渡人。老人们反对说："不好吧！"年轻人为红铃儿打抱不平："不好？人家不比谁差啊！"反对的人不说话了。红铃儿被委托当了摆渡人。

（60）勘探队帮助他们搞摆渡的事，立刻传遍了整个山区。附近屯里的人不走道儿，也要来试试。红铃儿整天坐在吊车上，"嗞"的一声飞过去，又"嗞"的一声飞过来，真像腾云驾雾一般。

（61）当青梨结得像核桃那么大，苹果羞红了脸的七月到来的时候，老萧他们要走了，大伙都来送行。俞四海和老萧说："这袋杏干，这袋早梨，没啥可谢你们的了！……给毛主席捎个好吧！"

（62）红铃儿早在山口等着了。她蹦跳着跑到萧队长眼前，两只眼睛盯着他的胸前看，萧队长立刻把胸前别着的毛主席纪念章取下来，送给红铃儿。红铃儿笑了，迎着刚出山的太阳，脸蛋比红袄还红！

（63）勘探队员们陆续上了吊车，红铃儿、俞四海一次一次地送他们到达笔架山南峰。社员们在对面高声嚷着："到深秋时来吧，管你们吃个够！"勘探队队员们一齐举手喊："一定来！再见吧！"

（64）红铃儿和俞四海使劲地握了握老萧和队员们的手，他们在七月的笔架山分别了。红铃儿忽然想起一件事，大声喊："萧队长，一定来信啊！"勘探队队员们走远了，只见高高的背杆在万绿丛中晃呀晃的。

（65）八月到了。八月里一天到晚下雨，笔架山变成雾腾腾的一片。红铃儿坐在"渡口"旁边新盖起的青石板房里，静听着要摆渡的铃声。

（66）来往的人很多，红铃儿一人忙不过来，把喜林子也拉来了。喜林子一开始还是鸡毛胆子，在红铃儿的带动下，慢慢地能陪同红铃儿掌管摆渡了。

（67）八月底，满天乌云笼罩着山巅，山风卷着急雨，山边
松树上的铃响起来了。喜林子伸了伸脖子又缩回来说："赶
上个暴风雨天咋摆渡呀？"红铃儿说："俞爷说的，这两天
和县供销社签了合同，要送杀虫药和喷雾器来呢！"

（68）喜林子说不出话来，半天才说："我……我上家吃饭去啦！"说完，扭身溜走了。这时，铃响得更急了，红铃儿披上块雨布，迎着狂啸的山风跑了出去。

（69）"哗"的一声，红铃儿往对岸溜去了。正巧，红铃儿娘打着雨伞送饭来，进了石板房一看，没一个人，只有一个用手绢包着的毛主席纪念章放在炕上。

（70）红铃儿娘可真急了，奔出石板房来。满山遍野的风雨声，一根钢绳在风雨里左右摇摆着。红铃儿娘压着一切不祥的念头，嘶哑着嗓子喊："红——铃——儿——"

（71）在雨幕里，在无底山涧的半空，出现了一点红，吊车靠山边了。红铃儿娘第一眼就看见红铃儿被浇得浑身淌水，急着问："雨布呢？咋不披上？"红铃儿扑哧笑了："雨布掉在山涧里啦！"

（72）正在这时，从吊车里站起一个穿干部服的同志。他说："大娘，小姑娘把雨布蒙在喷雾器上了，这孩子真是……"冷雨激得他打了个冷战。

（73）红铃儿娘当着生人的面，不好意思数落红铃儿，忙着把供销社干部让到石板房里。她帮着红铃儿拧打湿的衣裳，又说："等着啊！自个儿把衣裳拧拧。我先把同志带到社里去，再给你送套干衣服来。"

（74）供销社干部听了红铃儿娘的话，忙向红铃儿打了一声招呼，就跟随红铃儿娘往社办公室去了。

（75）红铃儿刚打开娘送来的热汤锅，一个穿蓑衣的老头闯了进来。他满脸雨水，一进门就气喘吁吁地说："红铃儿，我家小铁子病了，要进城买药去，你给摆一趟。"

（76）红铃儿马上放下筷子，披了雨布，说："赵大爷，走！"便冒着风雨出去了。赵老头感激地跟在后面嘀咕："哎呀，你还没吃饭哪！真不好意思。可是小铁子病得说胡话……"

（77）红铃儿登上吊车，"咝"的一声，吊车沿着钢丝绳滑去。一身浸湿的衣裳被风一吹，透心凉。她两腿一哆嗦，头一昏，眼也花了，左手一个指头卡在滑轮里。她赶忙一撒手，食指被绞去一块皮，血立刻流了出来。

（78）赵老头这下可慌了，又摸口袋又搓手地说："血……血，怎么弄的啊！快缠上！"他一使劲，撕下小褂的一角。红铃儿咬紧牙，青黄的脸上掉下两颗汗珠子，和雨水一起滚在吊车里。

（79）到对面山顶上，赵老头看着红铃儿的手直心疼，想着孙子小铁子的病又急。他嘟嘟哝哝地不知说些什么，往县城的路上跑去了。

（80）红铃儿咬着牙回来，刚坐下吃饭，她娘拿着干衣裳进来，替红铃儿换上。她发觉红铃儿的指头受了伤，吃惊地问："咋弄的？"红铃儿笑着说："给滑车绞破的。"

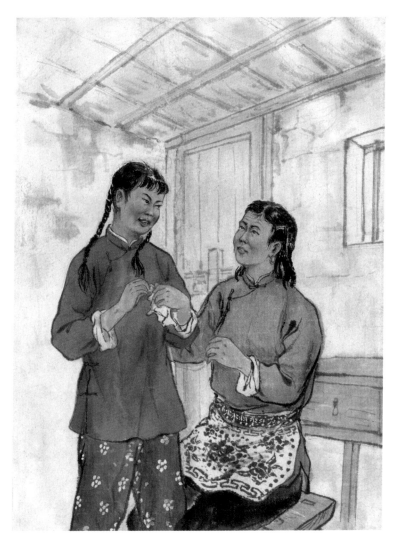

（81）红铃儿娘一边心疼地替女儿包扎手指，一边埋怨地说："明儿别管这个摆渡了，社里别的活儿多着呢！"红铃儿用手绢擦了擦毛主席纪念章，把它别在红袄上，说："不！我和俞爷说过，要看管一辈子呢！"

（82）到了果子成熟时，红铃儿从早到晚忙着摆渡，让社员们将一筐一筐的果子很快地往县供销社运去。他们不再绕七十里羊肠山道了。老头儿、老太婆都说红铃儿太累啦！但红铃儿只是忙得欢。

（83）俞四海提出在附近再装一个吊车。这回，喜林子头一个报名。于是两个吊车一来一往，忙个不停。山后果园里的果子拉到笔架山天就黑了，红铃儿、喜林子便在吊车上挂起煤气灯，一直运到半夜三更。

（84）第二天一大早，她们又为县供销社运过来杀虫药、农具……人们来来往往的，红铃儿一个也认不得。可是没一个人不认得她，大家都亲热地叫她："红铃儿！"

张明曹，1911年生于浙江温州，著名画家、美术教育家。1932年毕业于上海美术专科学校，参加中国左翼美术家联盟，为鲁迅倡导的新兴木刻运动第一代版画家。抗战爆发后回温州开展抗日救亡运动，创作的木刻连环画《仇》等作品以强烈的战斗性和艺术感染力受到前后方读者的欢迎，激发抗战斗志（《仇》现由上海淞沪抗战纪念馆收藏并长期展出）。抗战胜利后热衷教育事业并致力于中国画创作，1948年在上海举办"张明曹国画展览"。新中国成立后当选为温州市首届文联主席、美协主席，温州市第一至第三届人民代表大会代表。1952年重返上海进行美术创作，1954年进入上海人民美术出版社从事连环画创作。代表作有《一串项链》《云间摆渡》《瑞典火柴》《追匪记》《偷太阳的百万富翁》等。

张明曹主要连环画作品（沪版）

《夫妻团圆》 新美术出版社1952年12月版

《金顺善斗争故事》 （合作）新美术出版社1953年6月版

《巧计炸坦克》 （合作）新美术出版社1953年12月版

《智破铁甲车》 新美术出版社1954年8月版

《排长当乡长》 （合作）新美术出版社1954年9月版

《阿德勒的灭亡》 新美术出版社1955年2月版

《威尼斯商人》 新美术出版社1955年6月版

《一串项链》 （合作）美术读物出版社1956年2月版

《不屈的人们》 新艺术出版社1956年3月版

《瑞典火柴》 上海人民美术出版社1956年8月版

《海岛上的女猎手》 上海人民美术出版社1957年1月版

《三份牛排》 上海人民美术出版社1957年2月版

《云间摆渡》 上海人民美术出版社1958年1月版

《黑眼圈女人》 上海人民美术出版社1958年6月版

《看瓜田的人》 上海人民美术出版社1958年8月版

《追匪记》 上海人民美术出版社1960年2月版

图书在版编目（CIP）数据

云间摆渡／张明曹绘画；胡映西改编．－上海：上海人民
美术出版社，2023.1
ISBN 978－7－5586－2613－5

Ⅰ.①云… Ⅱ.①张… ②胡… Ⅲ.①连环画－中国－现代
Ⅳ.①J228.4

中国国家版本馆CIP数据核字（2023）第016317号

云间摆渡

原　　著：从维熙
改　　编：胡映西
绘　　画：张明曹
责任编辑：康　健
出版发行：上海人民美术出版社
　　　　　（上海市闵行区号景路159弄A座7F）
印　　刷：上海雅昌艺术印刷有限公司
开　　本：787×1092　1/32　2.875印张
版　　次：2023年12月第1版
印　　次：2023年12月第1次
印　　数：0001-2800
书　　号：ISBN 978－7－5586－2613－5
定　　价：68.00元